Die Blumen sind eine Decke für das Herz
꽃은 마음의 이불

글·그림 방식

마이스터하우스

세상의 모든 해바라기는 필 때부터 질 때까지
코리아의 외로운 섬, 독도를 바라보고 있습니다.
생의 전부를 독도를 바라보는 해바라기는
자식을 바라보며 일생을 보내는
어머니와 닮았습니다.

Alle Sonnenblumen, die sich auf dieser Welt befinden, schauen auf
die einsame koreanische Insel namens Dokdo. Das
tun sie die ganze Zeit,
seit sie aufblühen und bis sie verwelken.
Sonnenblumen, die ihr ganzes Leben lang Dokdo
beobachten, ähneln sic
die Mutter, die ihr ganzes Leben lang auf ihre
Kinder schauen.

작은 씨앗이 자랍니다.
위로도 아래로도 부지런히 생명이
움트는 것은 역사의 시작이 됩니다.
포도는 식물 중 긴 뿌리를 가졌습니다.

Ein kleines Samenkorn wächst.
Wenn das Leben sowohl nach oben als auch
nach unten aufkeimt, ist es gleich der Anfang
einer Geschichte.
Die Weintrauben haben, auch im Vergleich zu
den anderen Pflanzen, einen langen Wurzel.

Vitis Vinfera
(Vine)

부드러운 것이 가장 강한 것을
이기는 것만이 자연의 순리입니다.

Es ist der einzige Wahre Weg der Natur, dass
das Sanfte das Stärkste besigt.

Ranunculus bulbosus

나는 꽃들의 결정체를 드라이플라워로
'80년대 참깨 껍질을 첫 작품으로
처음 시도하기도 하였습니다.
드라이플라워는 조화가 아닙니다.
다만 수분이 없을 따름입니다.

In den 80ern, bearbeitete ich den Kern von
Blumen zu getrockneten Blumen, indem ich das
erste Werk mit der Schale vom Sesam anfertigte.
Getrocknete Blumen sind keine Kunstblume.
Sie haben nur keine Feuchtigkeit in sich.

Helichrysum

bracteatum

Xerochrysum

인간과 꽃이 같은 점은 여행을 즐긴다는 것입니다.
미역취는 캐나다가 고향입니다.
이제는 한국의 농가에서도 흔하게 길러집니다.

Die Gemeinsamkeit zwischen Mensch und
Blume ist, dass sie gerne reisen.
Kanada ist die Heimat vom Solidago.
Heute wird er auch häufig in den koreanischen
Bauernhöfen gezüchtet.

Solidago canadensis
미역취

한국은 언제부터인가 부모의 산소에 조화가 등장합니다.
국립묘지는 조화로 만개합니다.
이러다가 제사음식도 조형이 나올까 걱정입니다.
신성한 생화는 부농을 만드는 길입니다.

Seit irgendwann sind zahlreiche Kunstblumen
in Korea zu sehen, die sich vor den Gräbern der
Eltern befinden. Der nationale Friedhof ist von den
Kunstblumen bedeckt. Ich mache mir Sorgen, ob
die Menschen irgendwann auch an der Gedenkfei-
er, die ihr Vorfahren ehren soll, Lebensmittel aus
Kunststoff verwenden weden. Die echten himmlis-
chen Blumen weisen den Weg, wie die Bauern zum
Wohlstand kommen.

Heldehorus hybridus   Helleborus niger

시집 갈 준비를 하는 처녀처럼
꽃은 스스로 아름다움을 가꿉니다.
자신의 아름다움을 책임지는 꽃들은
수출이나 수입이 되기도 합니다.

Wie eine Jungfrau, die sich auf ihre Hochzeit
vorbeiretet, pflegen die Blumen auf selbständige
Art und Weise ihre Schönheit. Die Blumen, die
für ihre eigene Schöhneit verntwortlich sind,
werden auch exportiert oder importiert.

lathyrus latfolius

디기탈리스는 비록 독성을 가졌지만
꽃꽂이로는 다양하게 이용됩니다.

Trotz der Giftigkeit, wird Digitalis auf unter-
schiedliche Art und Weise für die florale Kunst
eingesetzt.

Digitalis
purpurea

꽃을 만지는 일은 항상 행복합니다.
꽃들의 아름다움을 다시 조명 시킨다는 것이
얼마나 기쁜 일일까요.

Die Gelegenheit, Blumen anfassen zu dürfen,
macht einen immer glücklich.
Welch eine Freude, die Schönheit der Blumen
erneut in den Vordergrund zu rücken!

Tradesantia
Virginiana

꽃은 거울을 보지 않습니다.
인간이 꽃의 거울입니다.
선한 것들은 거울을 보지 않는 것일까요?

Die Blumen schauen nicht in den Spiegel.
Der Mensch fungiert als Spiegel für die Blumen.
Schauen die gutmütigen Kreaturen in keinen
Spiegel?

Iris Barbata - Media Hybriden

Mony 2011

마음이 없으면 보아도 보이지 않습니다.
마음을 주지 않으면 오지도 않습니다.
향기는 무리로 있을 때 크게 멀리 갑니다.

Selbst wenn einer versucht zu sehen, kann
derjenige nichts sehen, wenn es kein Herz gibt.
Wenn es kein Herz geschenkt wird, kommt
auch kein Herz. Ein Duft wirkt erst stark und
auch aus der Ferne zu riechen, wenn mehrere
Düfte eine Einheit bilden.

사람과 사람사이의 행복은 어디에 있을까요?
사람과 사람사이의 행복은 사람이 만듭니다.
비타민 나무는 사람에게 행복을 부탁하는 나무입니다.

Wo befindet sich das zwischenmenschliche
Glück?
Der Mensch kreiert das zwischenmenschliche
Glück. Der Vitamin-Baum fragt den Menschen
nach Glück.

어머니의 손은 꽃이었습니다.
어머니의 가슴에는 늘 꽃이 피고 있었습니다.
오늘도 어머니 무덤가에는 꽃들이 피고 있습니다.

Die Hände meiner Mutter waren aus Blumen.
In ihrem Herzen blühten immer die Blumen
auf. Auch heute sind die Blumen vor ihrem Grab
erblüht.

Helleborus

자연은 결코 서두르지 않습니다.
꽃은 천둥이 쳐도 호들갑 없이 의연하게
제 시간이면 꽃을 피웁니다.

Die Natur ist niemals in Eile.
Trotz des Donners, blühen die Blumen immer
rechtzeitig, mit Mut und ohne sich aufzuregen.

플라워아티스들은 나무와 꽃의 소리를
듣고 보는 것을 행복으로 생각합니다.
그들을 더 빛나게 배치하는 것입니다.

Für Flower Artist ist es das Glück, die Stimme
der Bäume und der Blumen sowohl zu hören als
auch zu sehen. Die Bäume und Blumen werden
so aufgestellt, damit sie mehr glänzen können.

Echinops

나는 자연을 대하면서 자연을 가지고
창작한다고 생각하지 않습니다.
자연을 다시 분해하고 배치한다고 생각할 뿐입니다.

In den Begegnungen mit der Natur, denke ich
nicht, dass ich die Natur in die Hand nehme
und daraus etwas kreiere. Ich denke einfach,
dass ich die Natur erneut zerlege und wieder
zusammensetze.

꽃은 아름다운 곳에서는 분위기를 고조시키고
슬픈 현장에선 고요히 위로하는 위력을 가집니다.
자연과 꽃은 서열이 없습니다.
나무 밑의 아주 작은 난쟁이 꽃도
큰 미소를 주는 위력을 가졌습니다.
서열은 신이 만든 최대의 과오입니다.

Die Blumen können an einem schönen Ort die
Stimmung steigern, wobei sie an einem trauri-
gen Ort eine tröstende Kraft haben. Es existiert
keine Reihenfolge in der Natur und bei den
Blumen. Eine sehr kleine Zwergblume, die sich
unter einem Baum befindet, hat auch die große
Kraft, ein großes Lächeln zu schenken. Eine
Reihenfolge, die die Wichtigkeit der Kreaturen
festlegt, ist der größte göttliche Irrtum.

Saintpaulia ionantha

꽃들은 고유의 색과 향기를 뽐냅니다.
꽃은 빛과 바람이 실어다 준 양분을 먹고
예쁜 색과 향기를 만듭니다.

Die Blumen prahlen mit eigener Farbe und eige-
nem Duft. Die Blumen bekommen die Nahrung
durch Licht und Wind, und sie herstellen da-
durch schöne Farben und Düfte.

Ammi Visnaga

보리밭에 양귀비가 있으면
보리에 해로운 균이 침입을 못하게 합니다.
양귀비 같은 사람이 많았으면 좋겠습니다.

Wenn die Mohnblumen im Gerstenfeld sind,
können keine schädlichen Keime die Gerste
angreifen. Es wäre schön, wenn es mehr Leute
wie Mohnblume geben würde.

Papaver nudicaule

우리 주위에는 아름다운 소리를 만드는 사람이 있습니다.
은방울꽃은 소리는 없지만
신부의 화관으로 사랑의 소리를 냅니다.

Bei uns sind die Menschen zu sehen, die einen
schönen Ton kreieren. Convallaria majalis hat
keine Stimme, aber macht einen liebevollen
Ton, indem die Blume zum Brautkranz wird.

Convallaria
majalis

군락의 꽃을 대표하는 벌개취미.
깊어가는 가을 속에 산자락에서 마주친 군락.
벌개취미의 붉은 휘파람 소리에 가을이 무르익습니다.

Aster Koraiensis vertritt die Blumen in der Sied-
lung.
Es ist eine Begegnung mit der Siedlung, die sich
mitten im Herbst am Hang eines Hügels stattfand.
Durch das rote Pfeifen von Aster Koraiensis, geht
Herbst mehr in die Tiefe.

Aster tataricus   M 01 31

삶은 진정성이라고 하지요.
도라지를 보면 하루도 빠지지 않고
다짐하며 꽃 피우는 진정성으로 보입니다.

Das Leben heißt Authentizität. Die Authentizität
ist auch an Platycodon grandiflorus zu sehen, da sie
keinen einzigen Tag ausruht und die Blume blühen
lässt.

Platycodon grandiflorus

사랑은 맑은 눈이 절반,
소중한 마음이 절반이라는 말이 있습니다.
아네모네는 바람이 불어주어야 절반을 채워,
암수가 교배하며 사랑을 완성합니다.

Es gibt einen Spruch, dass die Hälfte der Liebe
aus den klaren Augen besteht, und die andere
Hälfte der Liebe ein kostbares Herz sei. Wenn der
Wind weht, erfüllen die Windröschen die fehlende
Hälfte. Indem es zur Fortpfanzung zwischen
Blütenstempel und Staubblatt kommt und die
Liebe vollständig wird.

Anemone hupehensis
'Septembercharme'

진도의 와송은 1센티 만의 흙만 있어도 생존합니다.
습도가 있는 기와지붕이나 바위에 즐겨 서식합니다.
신비의 약초로도 쓰입니다.

Wassong, der in Jindo wächst, kann überleben,
wenn die Erde nur 1cm hoch vorhanden ist.
Es wächst am liebsten auf den feuchten Dachstein-
en oder auf dem Felsen. Es wird auch als wunder-
same Heilpflanze verwendet.

crassulacea
Sempervivum arachnoideum

내가 좋아하는 밀레는
평생 노동의 신념으로 산 농민 화가입니다.
파리를 떠나 바르비종에서 가난한 농부처럼 살면서
순수한 인간의 삶을 그렸습니다.

Millet, mein Lieblingsmaler, war auch ein malender
Bauer, der sein ganzes Leben lang sein Glaube an
die harte Arbeit nicht verlor. Er lebte wie ein armer
Bauer und zeichnete das unschuldige Leben vom
Menschen in Barbizon, nachdem er Paris verlassen
hatte.

Iris germanica.

잡초라는 이름은 없습니다.
우리가 그대의 이름을 몰라서 부르지 못할 뿐입니다.

Es gibt eigentlich keine Pflanze, die die Bezeich-
nung 'Unkraut' verdient hätte. Wir können ihren
Namen nur nicht rufen, weil wir den Namen nicht
kennen.

Urtica dioica

선인장은 습기를 머금고 있다가
건조기에 유용하게 습기를 뿜어 내놓듯,
우리는 그런 사람을 준비된 사람이라고 합니다.

Ein Kaktus speichert die Feuchtigkeit und nutzt sie
in der trockenen Zeit. Wir denken, dass jemand,
der wie ein Kaktus ist, auf alles vorbereitet ist.

Τ ρίππ... ...

MAY 2018

내가 살고 있는 거리가 나를 만듭니다.
인디언들은 척박한 사막에서 방울뱀에게 물리면
꽃잎을 따서 약으로 이용합니다.
'꽃은 사람에게' '사람은 꽃에게'라는
말을 패러디 하여 봅니다.

Die Straße, wo ich wohne, macht einen Teil von
mir. Die Indianer pflücken die Blüte und verwenden sie als Medizin, wenn sie in der verlassenen
Wüste von der Klapperschlange gebissen worden
sind. Ich spiele mit den Worten wie "Blumen an die
Seite von Menschen" und "Menschen an die Seite
von Blumen".

Echinacea Purpurea

바람은 물결을 만듭니다.
꽃은 마음의 깃발을 펄럭이게 하며
사람들에게 사랑을 펼쳐드립니다.

Der Wind macht die Welle. Die Blumen lassen die
Flagge im Herzen flattern und breiten die Liebe vor
den Menschen aus.

Dryandra imperata

2009

꽃이 사랑스러운 것은
뿌리가 흙속에서 서로 뒤엉켜 사랑하는 것처럼
우리 곁에서 새싹을 키우고 꽃을 피우기 때문입니다.
꽃이 겨우내 추위를 견디는 것은
순전히 그대를 위해서 입니다.

Die Blumen sind lieblich, weil sie an unserer Seite
den Spross aufziehen und sich aufblühen, wie die
Wurzeln unter der Erde miteinander verwickelt
sind und sich lieben. Nur für dich überstehen die
Blumen den Winter.

Nymphea hybrid

Die Blumen sind eine Decke für das Herz
꽃은 마음의 이불

1쇄 인쇄 _ 2018년 6월 28일 | 1쇄 발행 _ 2018년 6월 28일

지은이 _ 방식 | 펴낸곳 _ 마이스터 하우스

펴낸이 _ 방식 | 기획주간 _ 최창일 | 간행대표 _ 양봉식
편집디자인 _ 디자잉(조진환) | 인쇄 제작 _ 글로리디 컨엔컴
업무관리팀 _ 방춘이, 방춘화
문학기획팀 _ 조제헌, 임승영, 김영아, 방정선, 박진두, 김윤선
자료기획팀 _ 강민경, 전웅, 정기라, 조신자, 정현숙, 문채원, 김성은, 정다은, 정혜린
서울특별시 종로구 대학로 77 (연건동)
전화 _ 02) 747-4563   FAX _ 02) 763-6795
등록 _ 제 300 - 2005 - 163
홈페이지 _ www.bangsik.co.kr
ISBN _ 979-11-960287-6-3